같이 울던 저녁놀

같이 울던 저녁놀

—

초판 1쇄 2023년 9월 1일
지은이 이지수
펴낸이 김영재
펴낸곳 책만드는집

—

주소 서울 마포구 양화로3길 99, 4층 (04022)
전화 3142-1585·6
팩스 336-8908
전자우편 chaekjip@naver.com
출판등록 1994년 1월 13일 제10-927호

—

—

ISBN 978-89-7944-844-3 (04810)
ISBN 978-89-7944-354-7 (세트)

책 만 드 는 집   시 인 선 2 2 4

같이 울던 저녁놀

이
지
수 시
조
집

책만드는집

어디서 왔다가 어디로 흘러가는지

모르면 좀 어떤가 그대 있어 환한 세상

비 온 뒤

뻐꾸기 울음에

꽃순 봉긋 부푼다

2023년 여름
이지수

| 차례 |

2부

3부

4부

1부

기춘 씨의 봄날

돌아볼 수 있어도 돌아갈 수는 없는
목련꽃 흐드러져 숨 막히던 봄밤
기어이 붙잡지 못한
사랑 하나 있었네

바닥 치는 계란값에 밑지는 날 많아도
좋은 날만 봄이냐 눈먼 봄도 봄이라며
초고령 트럭 한가득
웃음 신고 달린 세월

사람 좋은 너스레에 불행도 손들었는지
무정란 같은 날들 툭툭 털고 일어나
오늘도 길을 나서는
육십 총각 기춘 씨

편의점 소확행*

혼자가 되고부터 시작된 멀미였다
밀리고 밀려나 흘러든 쪽방 한 칸
고장 난 달팽이관이
발밑을 뒤흔든다

촛불로 밝히기엔 어림없는 세상일까
시급 좀 오르고 나면 보란 듯 뛰는 물가
빈속을 채우기 전에
비우는 법 배운다

숨만 쉬고 살아도 멀어지는 헛꿈 대신
입맛대로 고른 행복 그러안은 저녁나절
가끔은 원 플러스 원이
첫사랑보다 반갑다

* '소소하지만 확실한 행복'을 뜻하는 신조어.

번지점프를 하다

때마다 밀려드는 공복의 파도 앞에
안전벨트 하나 없이 허공에 매달려
다저녁 그물을 치는 수척한 무당거미

한 주먹 진통제로도 소용없는 그리움을
조각난 추억으로 덮어보려 애쓰지만
날마다 반갑지 않은 땅거미만 걸려든다

얼마를 더 비워야 줄 없이도 날 수 있나
쓸쓸한 칩거와 캄캄한 기다림 속에
끈을 탁 놓아버리고 싶은 아득한
생
의
허
기
여

퀵서비스

목숨 걸고 달린 게 어제오늘 일인가
빨리빨리 더 빨리 무전기가 거품 물면
전쟁터 가는 길목에
신호등은 아예 없다

길 없는 길 가야 하는 또 하루가 시작되고
퀵도 모자라서 총알처럼 달려보지만
믿을 건 싸구려 헬멧
그마저 헐렁하다

재개발 바람에 떨던 현수막도 잠든 밤
다 해진 어깻죽지 파스로 도배하면
강파른 등줄기 아래
초록 별이 깜빡인다

씨앗호떡

한 사람 비껴갈 허름한 시장 골목
녹슨 철문 기둥 삼아 파라솔 지붕 삼아
숱한 날 뜨거운 철판
끌어안고 살았다

질척대는 시장통 벗바리 하나 없어도
기름에 덴 자리 바람에 식히며
왕벚꽃 피는 봄이면
가슴 더욱 부풀었지

사정없이 눌러대는 누르개 아래서
운주사 와불로 견뎌낸 시간이여
비좁은 품속일망정
씨앗 가득 품는다

눈물이란

선풍기도 고장 난 쪽방에 살아봤니
이 빠진 그릇으로 바닥 긁어 쌀 떠내면
파르란 곰팡이보다 문내 먼저 쏟아지지

가스레인지 불 켜면 사십 도에 가까워져
살자고 끓이는 밥에 숨 막힐 지경일 때
수돗물 한 바가지로 흐르는 땀 식힌다

신문지 밥상 삼아 땀에 말아 먹는 밥
그래도 추운 거보다 더운 게 낫다고
눈에서 흘러야만 꼭
눈물이라고 누가 그래

희망빌라

설레는 마음으로 움틀 때는 몰랐다
비바람에 시달리다 멍들어도 참았다
세상은 나만 잘하면 잘될 거라 믿었다

언제 어디서부터 어긋난 것일까
잔가지 흔들릴 때 움켜잡던 뿌리 저편
비수기 권고사직에
쓸려 가는 환한 꿈들

얄팍한 월급에도 삼겹살 굽던 저녁
내게도 그런 날 다시 올 수 있겠지
하나둘
불이 켜지는
단풍나무 옆 희망빌라

단비 오는 날

환승역 쉼터에 곤히 잠든 사내 하나

상행선 하행선이 번갈아 재촉해도

반달로 휘어진 등은 펴질 줄을 모르고

베고 누운 낡은 가방 빼꼼 열린 틈사이로

구겨진 사연들이 빗소리에 귀 적실 때

걱정도 같이 잠들어 이팝꽃으로 피어난다

시간을 고칩니다

점포세놈 나붙은 허름한 노포 거리
떠나든 남든 막막한 시계방 주인
컵라면 휘휘 저으며 하루를 시작한다

들키고 싶지 않았을 조촐한 밥상 위엔
굳은 찬밥에 신김치 하나뿐이지만
태엽을 감아올리듯 젓가락질 분주하다

한평생 주물러온 고장 난 시간들은
목발에 기대어 산 바람 찬 언덕배기
눅눅한 시침과 분침 돋을볕에 말린다

코로나19

문명에 금이 간 사람과 사람 사이

신종 바이러스가 직격탄을 날렸다

어쩌나

굶는 게 더 무서운

무료급식소

한 끼는

고물상

여든넷 고씨 어르신
리어카에 실려 와

쓰임을 다한 것들이
마침내 부려진 곳

한 번 더
밥값 하려고
찢기고 부서진다

주차

남들은 쉽다는 후면 주차를 하지 못해
얼결에 시키는 대로 간신히 차를 대고
문 열고 나왔더니만
때 전 손 들이미네

천 원만 라면 사 먹게 아니 한 장만 더

컵라면에 소주병 움켜쥔 긴 그림자
기우뚱 목발에 기대
주차할 곳 찾는다

비혼시대

자정 지나 퇴근하는 환갑 줄 총각 이 씨
기다리는 처자식 누구 하나 없어도
대세는 비혼이라며 너털웃음 달고 산다

앞질러 기다리는 자잘한 불행에게
젊음과 맞바꾼 돈 빚 갚은 셈 내어주며
새벽길 파지 한 장도 기쁨으로 주워 든다

바닥을 치면서 바닥이면 또 어떠냐고
국보급 무한 긍정 같이 늙는 트럭 한 대
방지 턱 넘을 때마다 달빛 출렁 쏟아진다

2부

멀미

요새는 걷는데도 멀미가 나네요
산벚나무 화살나무 은근한 눈짓에
덩달아 볼 붉은 진달래
환해지는 산비탈

속사포 랩 새 울음
출렁이는 물빛 허공
뒤늦게 당도한 꽃 폭죽 터지자
빙그르 우주가 돈다
바람꽃 이는 먼 산

마음이 하는 일에 까닭이 있던가요
꽃멀미 핑계 삼아 무시로 뛰는 심장
이게 다 당신 때문입니다
늦은 밤 문자 한 통

도피안사

피안이 궁금해서 찾아간 도피안사
불상이 절을 지었다는 전설 같은 이야기
화개산 눈바람 속을 떠돌고 있었네

얼음에 발목 잡힌 연잎과 연밥 너머
박새 몇 포롱거리며 수다 떠는 겨울 한낮
다시 핀 붉은 산수유
절 마당이 환하다

안다고 다 깨달으면 그게 어디 중생인가
백팔 배 겨우 하고 삐걱대는 두 무릎에
피안은 네 속에 있는 거라고
빙긋 웃는 비로자나불

눈부신 얼룩

-동두천

활활 타던 시간들이 얼룩으로 남았어도
살아내는 것 말고 무서운 건 없었으니
기지촌 들먹일 때마다 고개 숙이지 마라

시대를 잘못 만난 서러운 목숨들이
더러는 갈 곳 없어 짐 풀고 마음 풀고
목덜미 쓸어주면서 외풍마저 감쌌을 뿐

다독이지 못할망정 들쑤시지 말기를
덴 가슴 그으며 멀어지는 헬리콥터
소리가 사라진 허공에
하늘길이 눈부시다

제비

건물주가 조물주보다

무서운 걸 모르나

월세 높아 장사 접은

치킨집 간판 밑에

겁 없이 집을 짓는다

그것도 무허가로

안면송

두려움 내려놓고 돌아선 벼랑이다
갯벌이 물때마다 비린 생을 헹궈낼 때
어린 꿈 하늘을 간다
몸으로 길을 내며

발 디딜 옹이조차 허락하지 않은 육신
인고의 맵찬 세월 안으로 삭이면서
수백 년 관솔불 밝혀
그려보는 먼 바다

땅속에 뿌리박고 항해를 꿈꾸는가
아득히 솟은 돛대 빈 그물 가득 싣고
창공에 배를 띄운다
만선의 꿈 부풀어

석포리

석모대교 놓이자 뱃길이 사라졌다
오도 가도 못하고 발이 묶인 여객선
폼 나게 날갯짓하던 갈매기도 졸고 있다

밀물인지 썰물인지 저만치 나앉은 바다
불 꺼진 터미널에 풋눈이 들이치자
바람이 그 마음 알고 먼 바다로 내닫는다

미리 알고 있었던 이별이라고 덜 아플까
보문사 범종 울어 얼지 않는 저 물결
환청의 뱃고동 소리 선착장에 퍼진다

백담사에서

굳어진 시간만큼 푸는 일은 더 어려워 에움길 돌고 돌
아 산사로 들어서면
　서러운 세월 앞에서 그늘마저 뜨겁다

비우고 내려놓아도 발목을 또 붙잡는 보이지 않는 것들
에 휘둘리는 동안
　마음은 물기를 거두고 골 더욱 깊어졌지

더운 숨결 토하는 야광나무 곁에 앉아 기룬 것은 다 님*
이란 말 푸르게 음각할 때
　풍경을 울리고 온 바람 가슴속에 길을 낸다

* 한용운 「군말」 중에서.

씨감자

소쩍새 붉게 울어

감자꽃 환한 봄날

흙 속에 묻혀 산

어머니 발뒤꿈치

식구들 배불리 먹일

하짓날을 꿈꾼다

쇠비름

세상 끝 어디라도 설 곳만 있으면

기르는 것들 모두 불볕에 쓰러질 때

끝끝내 살아남으리 잡초라는 이름으로

초대받지 못한 세상 설움뿐인 날들 속

버려진 땅이라도 가뿐히 그러안지

뻐꾸기 먼 울음소리에 가슴 시린 유월 들판

하늘이 두 쪽 난들 달라질 게 있을까만

눈에 띄는 순간 송두리째 뽑힐지라도

여우비 지나는 사이 뿌리가 또 꿈틀한다

뜨개질

산다는 건 무엇엔가
코가 꿰이는 일

대바늘에 찔리며
한 코 한 코 내어줘도

깡마른
그대 목덜미
한 점 온기 되었으면

아파트 공화국

층간소음 다툼에 바람 잘 날 없으면서
그래도 포기 못 할 네가 가진 프리미엄
빚더미 앉아서라도
누리고픈 행복일까

상종가 치던 분들 굴비 엮듯 엮여서
줄줄이 나랏밥 축내고 있는 마당에
뭘 믿고 자꾸만 뛰니
내려와라 제발 쫌

영끌에도 꿈쩍 않던 너의 그 높은 콧대
고금리란 칼날에 소폭 하락했다더라
저출산 탓하지 말고
무상 공급은 어떨까

냉장고 파먹기

내 속이 내 속 아닌 세월을 견디느라
캄캄한 부엌 한쪽 가쁜 숨 몰아쉬던
허기진 구형 냉장고 오늘 밤도 뜬눈이다

언제 적 설움인지 곰삭은 내 솔솔 나는
내줄 것 다 내주고 비로소 놓여난 몸
폐기물 이름표 달고 대문 밖에 서 있네

꾹꾹 눌러 담아 신열에 들뜬 가슴
허락도 받지 않고 모질게들 파먹었지
그 속이 오죽했을까 짐작도 못 하면서

고장 난 기억 속에 얼지 않은 슬픔과
뜨거운 속내를 테이프로 밀봉한 채
누우면 못 일어날까
허리 곧추세운다

3부

거품 속에 피는 꽃

이태리 타월로도 밀지 못할 삶의 흔적
두렷이 남아 있는 이랑진 몸을 본다
제 몸의 물기만으로 싹을 키운 감자 같은

행여나 아플세라 어린 나를 씻기시듯
바스스 부서질까 살그래 애만진다
지금껏 내가 파먹어 아모리진 봉오리

여자도 어머니도 모두 다 내려놓은
한때는 단물 솟고 향내 나던 앞섶에
가짓빛 마른 꽃송이 거품 속에 다시 핀다

알츠하이머를 만나다

기다리는 것 말고 더 간절한 일은 없어
저절로 눈이 가는 미닫이문 사이로
들국화 꺾어 든 가을이
멀어진다 저만치

마른 기저귀 같던 보송보송한 날들
손쓸 사이도 없이 무너진 그 자리에
노구를 떠나지 않는
억새꽃 참 환하다

다 가고 몇 안 남은 기억들을 불러 모아
해지고 구멍 난 속 뜬눈으로 짜깁는 밤
날마다 낯선 세상을
뭇별 서로 다독인다

복사꽃 장날

흙 묻은 장보따리 먼저 올려 보내고

겨우겨우 차에 탄 꼬부랑 할머니가

우수리 싹둑 자르고 천 원만 내민다

솔부추는 키가 작아 못 베었네 어쩌네

묻지도 않은 말을 웃음 끝에 하고 또 하고

입이 써 사탕 좀 줘봐 막내아들 보듯 한다

넘어지면 어쩌려고 뭘 또 팔러 가신대요

알사탕 건네며 걱정 섞인 잔소리에

복사꽃 차창 밖 그득 좌판을 펼친다

봄눈

버티고 버티다 바닥까지 무너져
봄바람에 이끌려 찾아간 동네 점집

먼저 온 입춘대길이
문 앞에서 반긴다

녹아 흐르는 게 어디 고드름뿐일까
원망도 내려놓으니 별일 아닌 것을

산수유
망울진 가지에
봄눈이 흩날린다

물리치료실에서

바람 든 시린 뼈를 찜질팩에 올려놓고
굽은 허리 겨우 펴 안마기에 맡기니
이 무슨 호강인가 싶어 절로 잠이 왔겠지

오늘은 비가 와 갱로당에 놀러 왔다
에미 걱정 말고 평일엔 니도 쉬거라잉

목청껏 통화하시더니
코를 고는
옆 침대

일몰증후군*

풀벌레 수런대는 둑길을 걷다 보면 입던 옷 벗어놓고
먼 길 떠난 사람처럼
　달팽이 떠나고 없는 빈집을 만난다

너무 가까워 상처까지 나누었을 집에서 집을 찾아 헤매
던 어머니는
　새하얀 망초꽃 머리 곱게 빗고 주무실까

바람이 가는 쪽으로 풀들이 쓰러진다 실없는 농담 같은
날들이 그리워서
　어머니 누운 곳으로 나도 자꾸 넘어지고

울음 잔뜩 머금은 해걷이바람 속에 능소화 떨어지듯 스
러지는 저녁놀
　갈 길도 돌아갈 길도 문득 아득해진다

* 인지장애 환자가 해 질 무렵에 보이는 여러 증상들.

배롱꽃 보살

허름한 장보따리 발치에 세워두고

반가부좌 틀고 앉아 졸고 있는 할머니

꽃분홍 챙모자 위에 더위도 따라왔다

배롱꽃 잔가지로 살며시 기대오는

아직도 식지 않은 땀에 전 마른 몸

못다 판 옥수수 썰까 흠칫 놀라 뒤척인다

오래된 배웅

막소주 자시면서 모아둔 만 원 몇 장
국거리 사 가라며 친정 갈 때 쥐여주던
단풍 든 아버님 얼굴 멀어지던 입동 무렵

잎 다 진 먹감나무 그림자 털어내듯
쓰시던 자리 접고 선산으로 가시던 날
그리움 꽃상여 타고 빈 들녘을 절며 갔다

귀뚜라미

잘나가던 시인이
홀로 세상 떠나던 밤

저리 슬피 울었겠다
어둠과 한 몸 되어

앞날개 다 해지도록
물기 다 마르도록

끝물 참깨꽃

툭하면 쓰러져
속깨나 태우더니

끝물 연보라 꽃이
땡볕 아래 환하다

김매다 문득 돌아보던
울 엄마 꼭 닮은

파장

떨이 못 한 풋고추에
막걸리 따라놓고

돈보다 사람이 좋은
오일장이 저문다

닷새 후 그 아득한 날은
목울대로 넘어가고

같이 울던 저녁놀

봄꽃 위에 퍼붓는 때아닌 폭설처럼
먹고 좀 살 만하면 찾아오는 병마처럼
인생이 작정을 하고
뒤통수칠 때가 있지

쓰러진 나무들도 물오르는 해토머리
시한부 오 년 넘겨 마음 놓을 딱 그 무렵
어머니 뜨다 만 점심이 마지막 끼니였네

착한 끝은 있다고
웃고 살라 하셨지만
가슴속 돌연꽃이 소리 없이 지던 날
애타는 심폐소생술에
같이 울던 저녁놀

4부

선물

– 달빛요양원 1

밤마다 뒤척이며 가슴 치던 젊은 날이
그래도 행복인 줄 이제 알겠다는 듯
말로는 다 못 할 말들 쏟아내던 눈으로

물 드릴 적마다 고맙다 하시더니
기저귀 갈 때마다 미안타 하시더니
마른 몸 거두신 자리

주시고 간
두유 한 병

고무줄 바지
− 달빛요양원 2

고무줄 끊어져 못쓰게 된 바지 입고

바쁘다는 자식들에게 전화로 치신 호통

느네들 다 들어가도 남겄다 이것들아

어떤 대화
― 달빛요양원 3

이러고 살면 뭐 혀 얼른 죽어야지

그라믄 혀 깨물고 죽어불면 되지야

콱 깨물 이빨이 워딨어

그니께 기냥 살어

사랑싸움
─ 달빛요양원 4

오십 년 지난 일이 저리도 생생할까
마치 어제 일인 양 죽기 살기로 싸우다가
단팥빵 나눠 드시는
달달한 간식 시간

조금만 삐끗해도 돌아서는 세상에
잡은 손 놓지 않고 끝끝내 놓지 않고
싸움도 사랑해서라고
증명하는 오후 2시

고마운 저녁
– 달빛요양원 5

내가 누군지도 잊어버린 시간 속에

남아 있는 젖은 날들 거둬줄 손길 있어

겨울비 창문을 때려도

고마운 저녁이여

취침약
－ 달빛요양원 6

아침은 뜨다 말고

점심은 건너뛰고

배회하는 밥알들이 입 안에서 삭는 저녁

그래도 삼켜야 하네

수면제 한 알만은

틀니

— 달빛요양원 7

바람만 스쳐도 멍들고 금이 가는

인생의 동지섣달 속수무책 받아 들고

틀니 빼 세정제 넣자

출렁이는 하고픈 말

정구 할배
– 달빛요양원 8

나갔던 정신이
퍼뜩 들었는가

기저귀 갈아주려
허리춤을 만지자

할망구 허락 맡고 오라는
볼 빨간 정구 할배

그리운 집
– 달빛요양원 9

오늘도 창밖으로 눈 붙이고 삽니다
무심히 가는 버스에 오르기를 수십 번
다다음 정거장에서
다시 돌아옵니다

오늘도 창밖으로 귀 매달고 삽니다
그리움 새어 나갈까 가슴 꾹꾹 누르며
집으로 가고 싶어도
그 말 차마 못 합니다

밥
— 달빛요양원 10

밥이 뭔지 몰라 물끄러미 바라보다

숟가락 쥐여주면 그제야 생각난 듯

감기약 갈아 넣은 밥

아주 달게 드십니다

반달

− 달빛요양원 11

슬쩍 들여다보면 텅 비었습니다

한참 들여다보면 반달이 떴습니다

자식들 이름만 들어도

달무리가 집니다

임종
- 달빛요양원 12

이제는 알겠다
이제는 다 알겠다

낮달 같은 눈빛으로 소리 없이 전하는 말

세상사 부질없어라
빈손도 무거운 것을

기도
- 달빛요양원 13

피붙이도 더는 감당하지 못하여

아픔을 나누려고 도착한 이곳이

천국은 아닐지라도

감옥만은 아니기를

눈물이 피워 올린 희망의 씨앗들

정용국 시인

1. 로그인

인간이 운명을 개척한다는 말은 불가능한 면이 훨씬 크다고 해야 할 것이다. 그렇다고 『주역周易』이나 어떤 예언서와 같이 미래를 통찰하는 비결이 존재한다고 추론하는 것도 적절치 않다. 다만 운명은 연역演繹적인 절차에 따른 인연과 우연이 뒤섞이며 인간이 단정하기에는 불가능한 영역의 결과가 초래되는 것이다. 또한 이 과정에서 인간은 자신이 발휘할 수 있는 최대의 지식과 열정을 다하여 운명의 방향이 자신의 목표에 가깝게 도달할 수 있도록 노력할 뿐이다. 바꾸어 말하자면 인간은 자신의 운명이 진행되는 동안 스스로 할 수 있는 핵심적인 행위의 범위가 그리 크지 않다는 것이다. 가령 세상에 태어나는 일부터 자신의 의견은 전혀 반영되지 않는다. 지구상의 특정 지역에서 누구의 자식으로 어떻게 태어나느냐는 개인에게 엄청나게 중요한 일이지만 그것은 자신의 의지와는 상관없이 일방적으로 순식간에 결정되어 버리는 것이다. 그렇지만 인간은 약 20년 정도를 부모의 슬하에서 교육을 받으며 성장하는 동안 주어진 임무와 책임에 대하여 성실하고도 지성至誠스럽게 노력하며 살아가도록 배운다. 비록 인간의 노력이 운명의 힘에 휩쓸려 보잘것없을 때도 있지만 자신에게 주어진 생에 대한 열정은 누구에게나 강력한 애착으로 다가오는 것이리라.

생명체로 태어난 이후에도 인간은 수많은 역경과 불화와 반대의 상황에 처하게 되는데 이 또한 개인의 지난至難한 노력과 운명의 도움을 받으며 헤쳐 나가야 하는 것이다. 생의 길고도 짧은 과정은 인간에게는 시련과 도전의 과정이며 끝없이 발생하는 문제를 해결하며 헤쳐 나가야 하는 힘들고 벅찬 도정이라고 할 수 있다. 태어나자마자 만나는 것은 성의 차별이다. 과거보다는 많이 개선되고 차별의 양상이 줄어들었다고는 하지만 국가에 따라 아직도 여성이 견뎌야 하는 불평등과 정신적, 육체적 학대는 상상을 초월한다. 빈부의 격차 때문에 받아야 하는 고통도 만만치 않다. 그것은 성장기에 교육을 받는 것에서부터 가정을 영위하는 긴 시간 동안 인간이 극복해야 하는 결핍의 악연으로 이어진다. 이 외에도 개인이 한 사회의 구성원으로 살면서 부딪히는 마찰과 불화는 혼자의 노력으로 해결하기에는 거의 불가능한 것이 많다. 일제강점기에 조선에서 태어난 인간과 대한민국의 독재 치하에서 살아야 했던 청춘들의 비애를 우리는 너무도 잘 알고 있다.

이지수의 시집 원고를 읽으며 행간마다 숨어 있는 '눈물'이 가슴 아팠다. 눈물은 인간이 표출하는 여러 가지 감정 중에서도 가장 지순하며 슬픔을 넘어 한없이 깊은 기쁨과 열정까지 담아내는 다양한 스펙트럼을 가진 결과물이다. 그는 대학에서 문학을 전공했고 뒤늦게 시조와 인연을 맺어 2019년에 《열린시학》으로 등단하였다. 베이비붐 시대가 지나가고 가난의 그림자도 서서히 자취를 감추던 60년대 중반에 태어난 대한민국의 여성인 그는 그래도 운명의 배려가 큰 세대였다고 생각한다. 경기도 파주가 고향이니 벽촌도 아니고 대학을 졸업하고 무난하게 가정을 꾸려온 시인 이지수에게 무슨 눈물이 이렇게나 많이 숨어 있었을까. 도입부의 글은 그의 시조 50편에 담긴 사연들의 운명에서 비롯된 것이다. 결국은 그의 눈물이기도 하며 시절의 눈물이고 더 나아가 우리 사회와 이지수의 따스한 인정이 피워낸 희망의 씨앗이라는 생각으로 이어졌다. 시절에 숨어 있는 수많은 눈물을 삭이고 품어 안아 희망의 불쏘시개로 쓰려는 시인의 발상과 상상력이 이지수가 피워 올리고 싶어 하는 시조의 밑그림을 짐작하게 한다.

"어디서 왔다가 어디로 흘러가는지/ 모르면 좀 어떤가 그대
있어 환한 세상/ 비 온 뒤/ 뻐꾸기 울음에/ 꽃순 봉긋 부푼다"

자서로 대신한 단수에는 시인의 낙천적인 인생관이 단호하
게 담겨 있다. 초장과 중장에서 그는 삶을 너무 전전긍긍하며
살지 말 것을 권유하고 있다. 삶의 목표를 근면과 성실로 삼고
치달려야 하는 우리 사회의 풍속도는 분명 옳지 않다. 그것들
은 다만 일정한 수준을 상승시켜 희망 세상에 다가서기 위한
방편이고 '행복'이라는 종착역만이 인간의 최종 목표가 되어
야 하는데 많은 사람들이 그것을 착각한 채 무한 질주의 브레
이크를 잡지 못하고 있다. "그대"라는 시어는 중의重義로 표현
된 부분이다. 그의 주변을 감싸고 있는 가족이나 친구일 수도
있고 그가 추구하는 '시조'로 볼 수도 있다. "그대 있어 환한 세
상"이라니 더 바랄 것이 어디 있겠는가. 그리고 종장에 희망의
메시지를 그윽한 서정의 힘으로 닫고 있다. "비"와 "꽃순"은 서
로 어울려 강력한 상승의 이미지를 뿜어낸다. 독자는 시인의
자서를 통하여 시집 『같이 울던 저녁놀』이 들려줄 긍정의 세계
를 어렴풋이 감지할 수 있을 것이다.

2. 눅눅함도 눈먼 봄도 돋을볕에 말려가며

언젠가부터 한국 사회의 속도감이 세상에서 주목을 받고 있다. '빨리빨리'의 문화가 조롱거리가 되기도 하였지만 통신에서 발휘한 속도에 대해서는 찬사를 받기도 하였다. 이러한 분위기는 한반도라는 좁고 추운 산악지대에서 우리 조상들이 수천 년을 살아오며 터득해 낸 묘수였는지도 모른다. 짧은 여름에 농사를 마무리하고 긴 겨울을 대비하여 식량을 준비하려면 모든 것을 빠르게 부지런히 진행해야 했을 것이다. 이러한 습성은 중국을 통해 수입된 문물을 접수하고 소화하는 속도에도 적용되었다고 볼 수 있다. 수백 년 동안 불교문화를 찬란하게 꽃피워 냈고 다시 유교 사상을 사회 전반에 적용하여 완벽한 유교 사회를 구축한 것을 보면 그렇다. 또한 서구의 기독교 신앙을 접수한 지 백 년 만에 세계가 주목하는 기독교 신자와 새 교파를 이룩하는 기이한 문화를 건설한 것을 보면 한국의 속도감을 실감하게 된다. 이렇게 우리 사회 구성원들은 새로운 문물에 대한 이해와 적용이 남다르다고 여겨진다. 2000년대에 들어서며 변화는 더욱 가속도를 내고 있다. 유교 사회의 전통이 빠르게 무너졌고 후진국에서 출발한 경제는 기적이라는 칭찬을 들을 만큼 성장하였다. 전쟁의 참화를 겪고 나서 이제는 세계가 주목하는 최강 무기를 수출하는 저력은 참으로 놀라운

충격이라고 할 만하다.

　이지수의 시조를 읽기 전에 우리 사회의 변화를 살펴본 것은 그의 작품에는 다양하고도 각별한 우리 사회의 저변이 가득 녹아들어 있기 때문이다. 혹자는 그의 시각을 사시斜視라고 핀잔할 만큼 끈질기게 눅눅한 사회의 구석을 고성능 카메라로 훑어내고 있다. 그가 시집 대문에 걸어둔 작품을 먼저 펼쳐보자.

　　돌아볼 수 있어도 돌아갈 수는 없는
　　목련꽃 흐드러져 숨 막히던 봄밤
　　기어이 붙잡지 못한
　　사랑 하나 있었네

　　바닥 치는 계란값에 밑지는 날 많아도
　　좋은 날만 봄이냐 눈먼 봄도 봄이라며
　　초고령 트럭 한가득
　　웃음 싣고 달린 세월

　　사람 좋은 너스레에 불행도 손들었는지
　　무정란 같은 날들 툭툭 털고 일어나
　　오늘도 길을 나서는
　　육십 총각 기춘 씨

-「기춘 씨의 봄날」전문

"육십 총각 기춘 씨"의 팍팍한 삶이 한눈에 드러나는 작품이다. "육십 총각"이라는 시어가 작품 전체에 파급하는 영향력은 상당히 크다. 그 속에는 현재 한국 사회의 다양한 변화와 실정이 스며들어 있기 때문이다. 예전에 결혼은 모든 사람에게 중요하고도 신성한 인간의 필수 의례라고 생각했고 당연하게 그렇게 진행되었다. 그러나 '비혼'은 이제 사회의 예민한 감정이 깃든 새로운 풍습이 되고 있다. 경제적인 사정이 크게 작용하기도 하지만 특히 여성에게만 강조되었던 출산과 육아, 그리고 많은 부분에서 강요된 '희생'을 감안해 볼 때 비혼은 무조건 잘못된 사고라고 면박을 줄 수만은 없게 되었다. 시의 흐름으로 볼 때 '기춘 씨'의 사정은 금전적인 문제가 크게 작용한 것으로 보인다. 청춘 시절 "사랑 하나 있었"지만 "돌아볼 수 있어도 돌아갈 수는 없는" 처지가 되어버린 것은 독자의 마음을 짠하게 물들인다. "붙잡지 못한/ 사랑 하나", "바닥 치는 계란값", "무정란 같은 날들"이 전해주는 이미지는 사뭇 허탈하고 안쓰럽지만 "숨 막히던 봄밤" "웃음 싣고 달린 세월" "툭툭 털고 일어나"는 '기춘 씨'의 모습이 절망적이지 않고 풋풋하게 느껴지는 것은 시인의 배려가 있어서다. 바로 앞에서 살펴본 것처럼 시에는 두 가지의 분위기가 공존하지만 "사람 좋은 너스레"로 불행을 누르고 "오늘도 길을 나서는" 주인공의 사고와 행동을 통하여 독자를 모두 기춘 씨의 응원자로 만들어놓아서 "봄날"처럼 다가올 그의 앞날에 박수를 보내고 있다. 다른 작품인 「비혼시대」에도 "환갑 줄 총각 이 씨"의 고군분투는 이어지고 그 역시 "국보급 무한 긍정"으로 이 험난한 시대의 고개를 넘고 있다.

　시집 제1부에는 "쓸쓸한 칩거와 캄캄한 기다림"(「번지점프를 하다」)이 외롭게 흔들리고 "전쟁터 가는 길목에/ 신호등은 아예 없다"(「퀵서비스」)고 하소연 드높아도 "얄팍한 월급에도 삼겹살 굽던 저녁"(「희망빌라」)이 "걱정도 같이 잠들어 이팝꽃으로 피어난다"(「단비 오는 날」)는 막강한 긍정의 투신으로 우리가 늘 주변에서 보고 듣는 일상이지만 곰살궂게 다가오고 있어서 한결 마음이 포근해진다. "눅눅한 시침과 분침 돋을볕에 말"(「시간을 고칩니다」)리는 주인공들의 열정에 "앞질러 기다리는 자잘한 불행"(「비혼시대」)도 다소곳해지리라고 믿는다. 비록 세월의 부침이 마냥 살갑고 듬직하지는 못하고 곳곳에 틈입한 눈물이 우리의 감정을 자극하더라도 우리 앞에 놓인 '운명'을 다정한 친구로 만들며 살아가자고 시인은 다시 우리에게 속삭이고 있다.

3. 얼룩은 눈이 부시고 골은 더욱 깊어지고

시인이 태어나 교육을 통하여 성장하고 다양한 환경과 아우르며 살아가는 과정은 그의 작품 속에 자연스럽게 배어 있게 마련이다. 그래서 어느 시인이든 자신이 올바르다고 생각하고 소신을 지키며 산다고 할지라도 공정한 기준과 일치할 수는 없는 것이다. 그래서 한 시인의 작품을 두고 진보나 보수의 잣대로 해석하고 구분하는 것은 결코 바람직하지 못한 판단이며 어느 것이든 '절대 가치'를 주장하는 것보다는 배려와 상생의 시각으로 분석하고자 하는 노력이 필요하다. 다만 시대정신과 인간의 존엄을 소중하게 받아들이고 역사의 가르침을 겸허하게 수긍하는 자세를 순수하게 견지하는 것은 시인의 책무라고 생각한다. 그러나 현실은 이론보다 훨씬 복잡하고 조밀한 상황과 변화가 수시로 작용하는 것이 상례라고 본다면 시는 더욱 자유롭고 풍성한 상상력의 그늘에서 다채롭게 들여다보아야 한다. 이지수 시인이 거주하고 있는 양주와 동두천은 서울을 중심으로 하는 수도권이면서도 휴전선을 접하고 있는 경계에 있어서 타 지역에 비해 발전이 뒤처지고 군사적 요충지로서의 면모가 높은 지역이다. 남북의 긴장이 극에 달했던 1960년대만 해도 위험지역으로 구분되어 수시로 군인의 작전과 훈련으로 얼룩졌던 곳이었다.

활활 타던 시간들이 얼룩으로 남았어도
살아내는 것 말고 무서운 건 없었으니
기지촌 들먹일 때마다 고개 숙이지 마라

시대를 잘못 만난 서러운 목숨들이
더러는 갈 곳 없어 짐 풀고 마음 풀고
목덜미 쓸어주면서 외풍마저 감쌌을 뿐

다독이지 못할망정 들쑤시지 말기를
덴 가슴 그으며 멀어지는 헬리콥터
소리가 사라진 허공에
하늘 길이 눈부시다
 -「눈부신 얼룩 - 동두천」전문

　동두천의 거의 절반은 전쟁 이후 지금까지 미군 기지가 차지
하고 있다. 전쟁이 끝났다고는 하여도 아직 휴전 상태로 70년
을 버티고 있으니 주변 강대국들까지도 이를 빌미로 한국을 들
볶고 괴롭혔다고 해도 과언이 아니다. 그 가운데 동두천이라는
소도시는 부당하게 불명예로 점철된 역사를 감당해야만 했다.
미군이 주둔하며 "기지촌"이 생겼고 "활활 타던 시간들이 얼룩

으로 남았어도" 국가의 배려는 없었고 검문과 군 작전의 불편함도 어디에 하소연할 상황이 아니었다. 그러니 경제는 늘 뒷전이고 "시대를 잘못 만난 서러운 목숨들이" 늘 "고개 숙이"고 죄인처럼 살았다. 그러나 시인은 "고개 숙이지 마라" 격려하고 "다독이지 못할망정 들쑤시지 말기를" 모든 국민에게 당부하고 있다. 남북의 상황이 급변했던 시절에는 조그만 사건 하나로도 주둔군에게는 비상이 걸리고 시민들은 "덴 가슴 그으며" 숨죽이고 견뎌야 했다. 한국의 경제력이 급성장함에 따라 당연하게 군사력도 북한을 압도하게 되었고 남북의 상황은 안정을 굳혀가고 있는 게 현실이다. 이제 동두천이라는 곳은 한국 평화의 단전이며 전쟁과 갈등을 넘어 화해와 상생의 도시로 거듭나야 한다. 이제 시민들을 고개 들지 못하게 만들었던 "얼룩"들은 평화로 부활하여 "눈부"신 상징으로 피어오르리라. 동두천이 평화로우면 한반도의 평화도 보장될 것이다.

> 발 디딜 옹이조차 허락하지 않은 육신
> 인고의 맵찬 세월 안으로 삭히면서
> 수백 년 관솔불 밝혀
> 그려보는 먼 바다
> ─「안면송」부분

밀물인지 썰물인지 저만치 나앉은 바다
불 꺼진 터미널에 풋눈이 들이치자
바람이 그 마음 알고 먼 바다로 내닫는다
　　- 「석포리」 부분

비우고 내려놓아도 발목을 또 붙잡는 보이지 않는 것들에 휘
둘리는 동안
마음은 물기를 거두고 골 더욱 깊어졌지
　　- 「백담사에서」 부분

　시인에 눈에 비친 반도의 곳곳이 기지개를 켜고 있다. 일제
의 수탈도 거뜬하게 지켜내고 "인고의 맵찬 세월 안으로 삭히
면서" "먼 바다"를 향한 "관솔불"은 우리들에게 큰 용기와 희망
을 선사하고 있다. 척양척왜를 외치며 서양의 군인들과 싸웠던
강화도는 조선의 마지막 힘이 요동쳤던 곳이다. 이제는 대교가
놓이며 뱃길은 사라졌지만 "바람이 그 마음 알고" 응원을 멈추
지 않는다. 만해가 독립의 기운을 살리려고 "기룬 것은 다 님"
이라고 자신을 부축했던 곡진한 말씀에 "골 더욱 깊어졌지"라
며 시인은 마음을 부추기고 있다. 근대사의 얼룩이 깊게 묻어
나는 곳에서 이지수 시인은 마음을 "비우고 내려놓아" 보며 이
땅의 역사에 귀를 기울인다. 이렇듯 작품 곳곳에서 그는 희망

과 긍정의 역사관을 유지하고 있다. 아마도 통한의 울음과 환희의 외침이 교차했을 것이다.

4. 복사꽃 장날에도 저녁놀은 기우네

지금 베이비붐 세대들을 '끼인 세대'라고 부른다. 그 이전 세대들은 자식을 양육하고 부모를 봉양한 후에 자신들이 늙어서는 자식들에게 노후를 맡기고 의지하며 살았다. 그러나 이들이 정작 늙어서는 자식들에게 노년을 맡길 수도 없고 자신의 최후까지를 스스로 준비해야 하는 처지에 놓였기 때문에 그렇게 부르는 것이다. 그래서 현재 60대 중후반이 된 끼인 세대들은 퇴직 후에도 다니던 회사의 자회사 등에 계약직으로 근무하고 있는 경우가 허다하다. 물론 퇴직 후 60대는 아직 노화가 크게 진행되지 않아 건강하다는 점도 있지만, 자식들은 취업이 힘들고 예전처럼 거칠고 힘든 노동은 기피하는 현상이 뚜렷해져서 외국인 노동자들에게 그런 일을 맡겨놓은 상태이기 때문이다. 그래서 오히려 30세가 넘은 자식들이 60대 부모들에게 기대어 지내는 사례도 상당히 많다고 볼 수 있다. 의료 기술의 발달과 국가의 복지 증진 등으로 이제는 평균수명이 85세에 달하고 있어서 90대 노인들은 거의 요양원에 의탁한 채 쓸쓸한 노년을 보내는 것이 대부분 세태이다. 그래서 60대 후반에 당도한 세대는 아직도 자식 걱정과 노부모 봉양에 눈코 뜰 겨를이 없이 바쁘다. 이러한 변화는 2000년대 이후로 급격하게 들이닥쳤는데 사회 전반이 이에 신속하게 대비하지 못하고 어리둥절한 대책에 요동치고 있는 상황이다.

기다리는 것 말고 더 간절한 일은 없어
저절로 눈이 가는 미닫이문 사이로
들국화 꺾어 든 가을이
멀어진다 저만치

마른 기저귀 같던 보송보송한 날들
손쓸 사이도 없이 무너진 그 자리에
노구를 떠나지 않는
억새꽃 참 환하다

다 가고 몇 안 남은 기억들을 불러 모아
해지고 구멍 난 속 뜬눈으로 짜깁는 밤
날마다 낯선 세상을
뭇별 서로 다독인다
　　－「알츠하이머를 만나다」 전문

"보송보송한 날들/ 손쓸 사이도 없이 무너진 그 자리"라는 표현이 현재 한국에 사는 노년들이 처한 상황을 간결하고도 적확하게 대변하고 있다. 정말 인간의 수명이 이렇게도 갑자기 길게 연장이 될 줄을 누구도 잘 예측하지 못한 것 같다. 인구학자들이 추정한 수명보다 더 빨리 더 많이 노인 인구가 확장된 것이다. 이제 노년들의 희망은 '잘 죽는 것'이라고 해야 할 만큼 심각하고도 실질적인 걱정거리가 되었다. 유치원은 빨리 줄어들고 그 자리를 요양원이 채우는 웃지 못할 현상이 생길 정도로 사회 시스템은 급변하였다. "날마다 낯선 세상을/ 뭇별 서로 다독"이는 요양원의 밤은 어느 누구라도 감당해야 하는 노년의 순서로 다가오고 있다. "노구를 떠나지 않는/ 억새꽃"을 진심으로 환영할 수만은 없는 세태가 안쓰럽고 슬플 뿐이다.

착한 끝은 있다고
웃고 살라 하셨지만
가슴속 돌연꽃이 소리 없이 지던 날
애타는 심폐소생술에
같이 울던 저녁놀
 ─「같이 울던 저녁놀」부분

인간의 이별은 자연의 순리지만 작별은 늘 아쉽고 가슴이 저릴 수밖에 없다. "애타는 심폐소생술에" 억장이 무너지는데 "같이 울던 저녁놀"이라는 서정을 짝지어 놓은 것이 너무 애틋하고 처연하다. 고령화사회에 접어들면서 장기간 타인의 협조를 받아야만 연명할 수 있는 처지가 급속하게 늘어나고 있다는 것은 얼마나 슬프고 고단한 일인지 걱정이 앞선다. 치매나 알츠하이머로 정신이 온전하지 못한 상태로 장기간을 버틴다는 것은 누구라도 피하고 싶은 상황이지만 장담할 수 없는 일이다. 내남없이 죽음을 걱정해야 하는 백 세 시대의 새 풍속도가 안타깝다. 이지수 시인은 요양원 근무를 자청했다고 한다. 그곳에서 성심으로 자신의 부모를 모시는 것처럼 노인들의 뒷바라지를 하였다. 제4부에 놓인 열세 편의 연작에는 이러한 생생한 기억들이 촘촘하면서도 따뜻하게 피어나고 있다.

밤마다 뒤척이며 가슴 치던 젊은 날이
그래도 행복인 줄 이제 알겠다는 듯
말로는 다 못 할 말들 쏟아내던 눈으로

물 드릴 적마다 고맙다 하시더니
기저귀 갈 때마다 미안타 하시더니
마른 몸 거두신 자리

주시고 간

두유 한 병

–「선물 – 달빛요양원 1」전문

   짧은 시를 읽고 나면 두 눈에 바로 눈물이 가득 고인다. "주시고 간/ 두유 한 병"이 이렇게 귀중한 "선물"이 되는, 어쩌면 자연의 섭리 같은 장면은 누구라도 피해 갈 수 없는 마지막 길일지도 모른다. 어떤 설명도 새 기법의 해설도 필요하지 않은 사람끼리 통하는 눈물의 교환 방식이다. 시제를 '선물'이라는 신선하고도 아릿한 표현으로 마무리하여 눈물샘을 자극한 시인의 손이 보드랍다.

   오늘도 창밖으로 눈 붙이고 삽니다

   무심히 가는 버스에 오르기를 수십 번

   다다음 정거장에서

   다시 돌아옵니다

   오늘도 창밖으로 귀 매달고 삽니다

   그리움 새어 나갈까 가슴 꾹꾹 누르며

   집으로 가고 싶어도

   그 말 차마 못 합니다

-「그리운 집 - 달빛요양원 9」전문

　　요양원에 계시는 환자들이 가장 많이 하는 말씀이 '집에 가고 싶다'라고 한다. 정신이 들락날락하다가도 맑아지는 순간 가족을 찾는다는 것이다. 그러나 가족들은 생계로 인해 바쁘고 노인의 수발을 감당하기 어렵다. 그러니 꿈속에서도 "버스에 오르기를 수십 번", "다시 돌아옵니다"로 마치기를 수십 번 하며 "창밖으로 귀 매달고" 사는 노인들이다. 이제 죽음의 세태도 너무 빠르게 변하였다. 인간이 오랜 세월 동안 지켜왔던 삶의 마감 방식도 자본주의가 요구하는 형식으로 옮겨 가지 않으면 버티기 어려운 상황이었나 보다. "복사꽃 장날"(「복사꽃 장날」)도 "스러지는 저녁놀"(「일몰증후군」)도 시리고 다정한 작별의 눈물로 각인되는 것이리라.

　　5. 로그아웃

　　급변하는 사회의 다양한 모습들을 작품에 담아낸 이지수의 첫 시조집 『같이 울던 저녁놀』에는 약자들의 허기진 삶들이 고스란히 녹아 있었다. 여성의 시각으로 다정하게 담아낸 작품들도 있지만 자칫 여성 시인들이 소홀하게 다루는 사회 전반의 흐름들을 그는 세밀하고도 따스한 손으로 어루만져 주었다. 눈물로 얼룩진 궂은 삶들도 시인의 숨결과 위무를 받고 희망의 언어로 다시 피어났다. 그가 한결같이 이 시집에서 추구했던 거리의 삽화는 시인의 마음을 닮아 둥글고 그의 기운을 받아 힘차게 일어서고 있었다.

> 산다는 건 무엇엔가
> 코가 꿰이는 일
>
> 대바늘에 찔리며
> 한 코 한 코 내어줘도
>
> 깡마른
> 그대 목덜미
> 한 점 온기 되었으면
> −「뜨개질」 전문

시에 "코가 꿰이는 일"은 스스로 선택한 일이었고 "대바늘에 찔리며" 사는 일도 그가 시인으로 자처한 일이려니 이지수의 튼튼한 시조가 "깡마른/ 그대 목덜미/ 한 점 온기"로 남아 앞으로도 더욱 부지런하고 시원하게 세상을 만져줄 약손이 되기를 기원하며 글을 맺는다.